圓圓國王

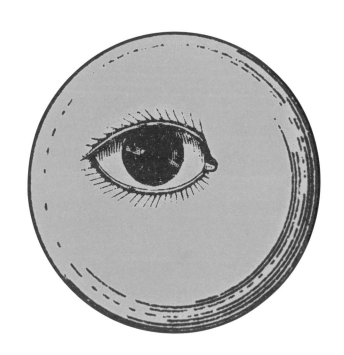

谷川俊太郎 · 文　　　粟津潔 · 圖

唐亞明 · 譯

步步出版

盤子想：

我多圓啊！

我是天下第一圓。

我才是圓圓國王呢！

盤子得意洋洋，

那一瞬間，
盤子從碗櫃上掉下來……摔得粉碎。

銅ㄊㄨㄥˊ鈸ㄅㄚˊ看ㄎㄢˋ到ㄉㄠˋ後ㄏㄡˋ，大ㄉㄚˋ笑ㄒㄧㄠˋ起ㄑㄧˇ來ㄌㄞˊ。

嗶ㄅㄚˋ嗶ㄅㄚˋ

昨ㄗㄨㄛˊ天ㄊㄧㄢ還ㄏㄞˊ是ㄕˋ
圓ㄩㄢˊ圓ㄩㄢˊ的ㄉㄜ˙，
今ㄐㄧㄣ天ㄊㄧㄢ就ㄐㄧㄡˋ粉ㄈㄣˇ身ㄕㄣ碎ㄙㄨㄟˋ骨ㄍㄨˇ！
圓ㄩㄢˊ圓ㄩㄢˊ國ㄍㄨㄛˊ王ㄨㄤˊ非ㄈㄟ我ㄨㄛˇ莫ㄇㄛˋ屬ㄕㄨˇ。

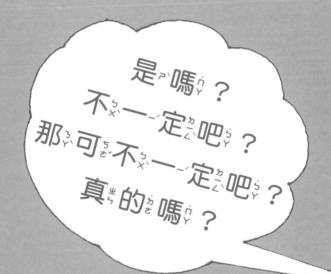

汽車輪子
以 60 公里的時速滾了過來。

咕嚕 咕嚕 咕嚕 滾過來。

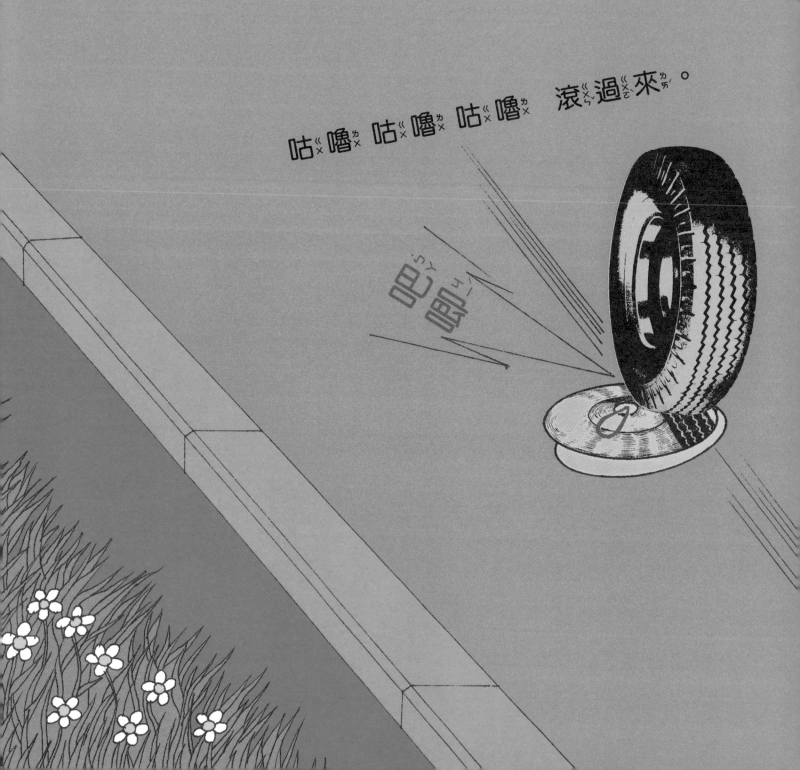

不ㄅㄨˋ管ㄍㄨㄢˇ多ㄉㄨㄛ遠ㄩㄢˇ，
我ㄨㄛˇ都ㄉㄡ能ㄋㄥˊ去ㄑㄩˋ。

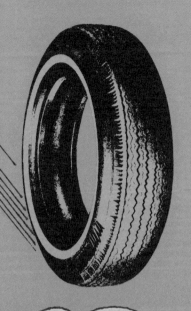

我ㄨㄛˇ才ㄘㄞˊ是ㄕˋ
真ㄓㄣ正ㄓㄥˋ的ㄉㄜ
圓ㄩㄢˊ呢ㄋㄜ！

而ㄦˊ且ㄑㄧㄝˇ，
我ㄨㄛˇ把ㄅㄚˇ銅ㄊㄨㄥˊ鈑ㄅㄢˇ壓ㄧㄚ扁ㄅㄧㄢˇ了ㄌㄜ。

車輪正想著，

咔嚓一聲
緊急剎車時，
輪子裡面
發出聲響。

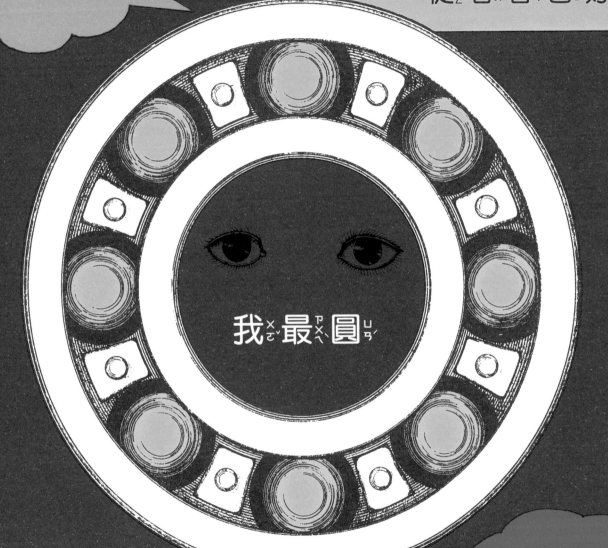

我是
滾珠軸承。

從上看也好
從下看也好
從左看也好
從右看也好

我最圓

沒有我，
車輪轉不動。

我是
最標準
的圓。

9

3.14159265358979……

圓(ㄩㄢˊ)規(ㄍㄨㄟ)先(ㄒㄧㄢ)生(ㄕㄥ)來(ㄌㄞˊ)了(ㄌㄜ˙)。

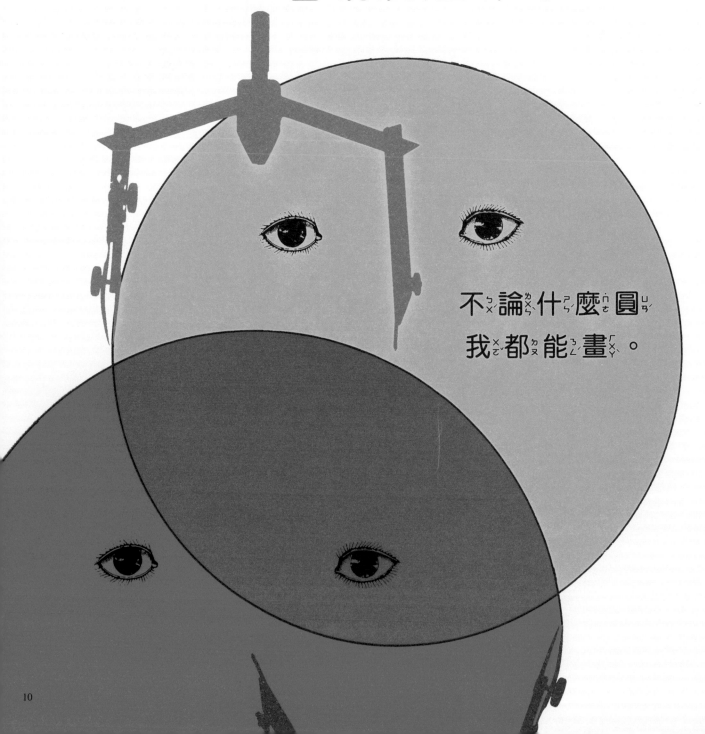

不(ㄅㄨˋ)論(ㄌㄨㄣˋ)什(ㄕㄣˊ)麼(ㄇㄜ˙)圓(ㄩㄢˊ)
我(ㄨㄛˇ)都(ㄉㄡ)能(ㄋㄥˊ)畫(ㄏㄨㄚˋ)。

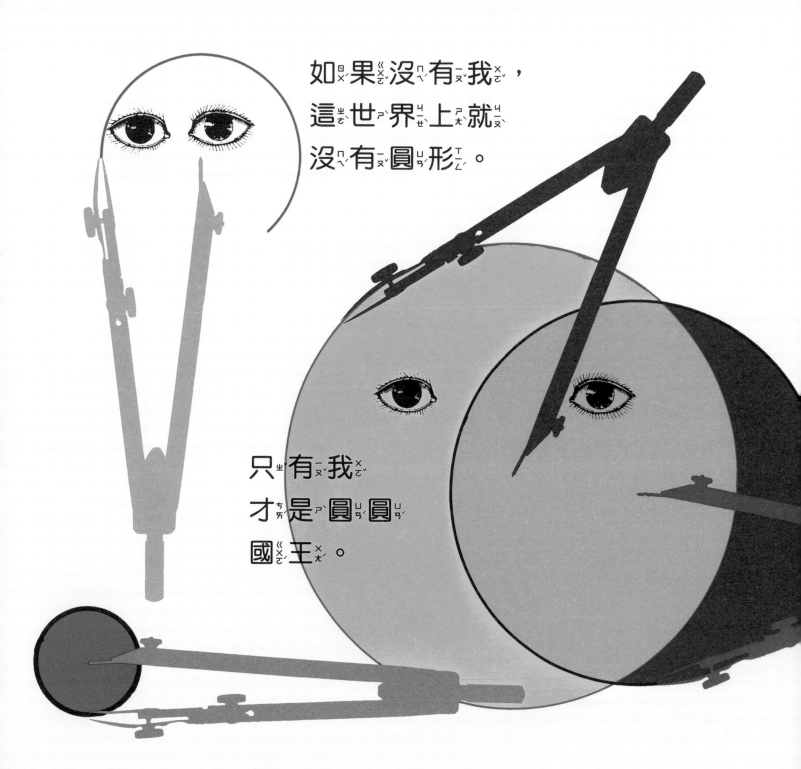

如果沒有我，
這世界上就
沒有圓形。

只有我
才是圓圓
國王。

圓規先生的聲音在顫抖。
哎呀，不得了！

我可不要什麼圓規，我自己就能變圓。

一粒珍珠閃閃發光。

五顏六色的撞球
滾了過來，
把大家都趕走了。

彩旗招展，
嘩啦嘩啦
太陽旗使勁引人注意。

你看呀！
還有奧運會的會旗呢。

搖搖晃晃滾出來的
是凹凸不平的滾球。

一聲不吭，
在天上看熱鬧的是

一隻老鷹。吱吱、嘩嘩嘩
牠在天上畫著

我畫的圓圈
你都看不見它有多大！
你想不到吧？
我也許是圓圓國王呢！

在ㄗㄞˋ空ㄎㄨㄥ中ㄓㄨㄥ盤ㄆㄢˊ旋ㄒㄩㄢˊ，
大ㄉㄚˋ圓ㄩㄢˊ圈ㄑㄩㄢ。

這ㄓㄜˋ時ㄕˊ，不ㄅㄨˋ知ㄓ從ㄘㄨㄥˊ哪ㄋㄚˇ兒ㄦ
傳ㄔㄨㄢˊ來ㄌㄞˊ了ㄌㄜ奇ㄑㄧˊ妙ㄇㄧㄠˋ的ㄉㄜ聲ㄕㄥ音ㄧㄣ。

我也是圓的。
但我不是圓圓國王，
我也不想當國王，
我不需要什麼國王。

而且，太陽
在這個
有無數比
比太陽
閃爍著

啊！圓盤
在天上飛！

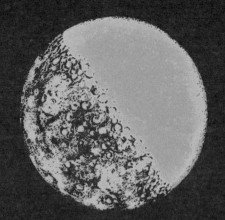

從我們這裡看下去，
地球又圓又美麗，
但地球不是圓圓國王，
太陽比地球更大呢！

也不是國王。
宇宙裡，
太陽更圓，
更大的星星，
璀璨奪目。

我們畫一個圓圈吧，
畫得不圓也沒關係。
我們畫一個圓圈吧，
畫得有點歪也無妨。
畫出一個
屬於你自己的圓！

圓圓國王

文・谷川俊太郎　圖・粟津潔　譯・唐亞明

步步出版

執行長兼總編輯・馮季眉　編輯總監・周惠玲　責任編輯・徐子茹

編輯・戴鈺娟、陳曉慈、許雅筑　美術設計・陳瀅晴、張簡至真

讀書共和國出版集團

社長・郭重興　發行人暨出版總監・曾大福　業務平臺總經理・李雪麗

業務平臺副總經理・李復民　實體通路協理・林詩富　網路暨海外通路協理・張鑫峰　特販通路協理・陳綺瑩

印務經理・黃禮賢　印務主任・李孟儒

發行・遠足文化事業股份有限公司　地址・231 新北市新店區民權路 108-2 號 9 樓

電話・02-2218-1417　傳真・02-8667-1065　Email・service@bookrep.com.tw　網址・www.bookrep.com.tw

法律顧問・華洋法律事務所 蘇文生律師　印刷・中原造像股份有限公司

初版・2020 年 12 月　初版二刷・2021 年 4 月　定價・320 元　書號・1BSI1062　ISBN・978-957-9380-63-8

特別聲明：本書僅代表作者言論，不代表本公司／出版集團之立場。